늑골에 금이 가다

시와소금 시인선 · 117

늑골에 금이 가다

이미순 시집

시와소금

❙ 이미순

• 2002년 《시와비평》 신인상 등단.
• 시집으로 『그대 나무가 되고 싶다 하셨나요』
  『늑골에 금이 가다』가 있음.
• 풀무문학회 회장 역임.
• 강원문인협회 사무차장,
  춘천문인협회 이사 역임.
• 춘천문학상, 강원유공문화예술인상 수상.
• 현 강원문인협회 이사.

• 전자주소 : sijib45@hanmail.net

하나가 되었다가
절반으로 되는 이유는
절반의 그리움을
나누어주기 위해서라지요

남은 절반까지
마저 주고 나면
까맣게 탄 가슴만 남는다지요

첫 번째 시집에 실린 「달」이란 글을
참 오랜만에 본다

그리움은 언제나 내 가슴을 설레게 하고…

그동안 메모해 두었던 부끄러운 글들을
조심스럽게 엮어 본다

2020년 4월 따뜻한 봄날에
이미순

| 차례 |

| 시인의 말 |

제1부 산수유 한 송이

제3부 예감

제4부 그때가 참 좋았어요

작품해설 | 박해림

제 **1** 부

산수유 한 송이

촛대바위

수 없이 밀려 왔다
밀려가는
하루의 고단함이

푸르고 푸른
바다를 만들었나 보다

그 노고가 헛되지 않기를

촛불 하나 켜 든 바위

묵묵히 바다를 지키고 있다

태풍

속보로 물난리가 났다고 난리다

시도 때도 없이 찾아오는
자연의 분노

잔잔하고 차분하던 시절 지나고
호르몬이 바뀌는
전환점을 맞은

어느새 마음은 태풍이 일어
시도 때도 없이
분노가 생기고
쓸데없는 결심을 하고

누군가 인간은 자연을 닮았다고 하더니
자연을 닮아 가느라
마음속은 늘 이렇게 분주한 걸까

오늘 저녁 비 그치고
내일은 맑아진단다

다행이다

흔들바위

저렇게 큰 바위도
때로는 흔들리기도 하는구나

제 몸보다 더 무거운
가슴앓이를 견디지 못해
검게 타버린 모습

말 안 해도 안다

가벼워서
결코 가벼워져 가는 것이 아니라

그 자리에 있기 위한
마음 하나 간직하기 위한
너의 몸짓이라는 것을

꽃축제

꽃 천국이다

무슨 말로 너희들을 부를까

어떤 눈빛으로
눈 맞춤을 할까

가슴이 뛴다

네가 있어서
가슴이 떨린다

팔봉산을 지나며

봉우리가 여덟 개라서
팔봉산이라 한다지

그 앞을 지나며
스마트폰 카메라로
사진을 찍었지

산봉우리 모두다
멋있어 보였지만

가슴 속에 우뚝 선
네 모습만 할까

열매

한 생애를 걸고
눈물겹도록
버티어 냈을 것이다

제 살보다 단단한
사리 하나 품은 채
경험도 해 보지 못한
다음 생을 꿈꾸며

그동안의 노고는
오직 과정이었을 뿐이라고

붉게 물든 수줍음이
향기로운 저녁이다

정원의 소나무

잘 다듬어진 정원의 소나무 한 그루
자의는 무시 받은 채
타의에 의해 자세를 바로잡아야 한다

때로는 포승줄로
온몸이 묶일 때도

실핏줄 터지도록 키워낸
여린 가지들이 잘려나갈 때도

자신이 무슨 죄를 지었는지 기억이 나질 않는다

다만, 보이지 않는 깊은 곳에
뿌리는 튼튼하게 자라고 있으니

머리는 푸른 하늘을 향하고
지나가는 이 발걸음 잠깐 멈추게 하는 일

그래 세상을 혼자 살 수 없는 것이라서
생을 만들어 내는 일 또한 쉬운 것은 아니어서

소나무 곁에 서서
너의 묵묵함을 배워보려 한다

별과 시

그대는 밤하늘에 별이 되어 내 곁에 온다
그대는 바람이 되어 내 곁에 온다

그대를 만나지 못해도
그대는 내 곁에 있다

그대는 마음이 따뜻해서
나는 그대에게 갇혀
울기도 한다

그대가 못 오시는 날은
나는 방황한다

그래도 그리워 할 수 있는 그대가 있어
나는 행복하다

산수유 한 송이

무엇이었을까
먼저 세상을 뚫어내는 저 힘

꽃가루 분분히 하늘을 휘감고
닿는 곳마다 부드러운 흔들림

자박자박 걸어 나오는 함성이여
노오란 눈물이여

바위

단단한 가슴
한이 많아 응어리졌다는 말은
하지 않겠습니다

뜨거운 피 솟구쳐 올라
허리 한번 꼿꼿하게 펴고 싶은 마음
왜 없었겠습니까

검버섯
이끼 틈 사이로
눈물 감추는 소리 들었습니다

버텨내야 한다는 것이
일어서야 한다는 것이

흔들리지 못한 채
비바람을 맞았습니다

지긋이 내려다보는 눈빛
모진 세월 지켜낸
신앙이었습니다

가을 편지

오늘 하늘은 참 맑았습니다

일기예보의 비가 온다는 소식에
마당에 썰어 널어놓은 호박을 걱정했는데
고들고들 잘 말라 가고 있습니다

얼마 전만 해도
풋풋한 옥수수 냄새 가득하던 밭 가에는
어느새 까만 도토리가 굴러와
주우면 한 됫박은 될 것 같습니다

시간은 무심히 흐르는 것이 아니었습니다

우리가 잊고 지내는 동안
분주히 산과 들을 찾아다니며
영근 세상을 만들어 내고 있었습니다

한동안 사는 게 너무 힘들어

세상 끝이 여긴가 느껴졌을 때

밤하늘의 둥근 달은
나의 길을 밝혀 주고 있었습니다

가끔 내려와
잃어버린 눈물을 찾아 주기도 하고
같이 울기도 했습니다

도토리 알처럼 단단해질 수 있었던 것은
보이지 않는 어둠 속에서
빛을 보낸 달님 덕이라 생각합니다

햇볕 따뜻하고
바람 부드러운 이 가을에
어두운 밤하늘에 둥실 떠 있는 둥근 달에게
감사의 편지 한 장 보냅니다

목련

수많은 사람은 말한다

고상하다
우아하다
꽃 중의 여왕이다

그러나 그것은 피어날 때
그뿐

처량하다
슬퍼 보인다
천해 보인다

꽃 지는 날
붉은 눈물 마르기도 전에
바람에 흩날리는 뼈 아픈 소리

이 세상에 태어나

눈물을 모르고 사는 이 몇이나 될까
피는 목련처럼 사는 이 얼마나 될까

피고 지는 일을
수 없이 반복하면서
굳은살 박인 손바닥을
자랑스럽게 내보이는
지는 꽃잎이 더러는 사랑스럽지 않나

언젠가 우리도 한 번쯤은
세상을 구르고 구르다
지는 꽃잎이 될 수밖에 없는 것을

굵은 핏줄 하나
돋우려는 안간힘이
오늘따라 더욱 안쓰럽기만 하다

꽃 피는 날

봄이면 꽃이 피어난다

더러는 잎이 먼저 솟아오르기도 하지만
제 소임을 다 해야 하므로 꽃잎은
하늘을 향해 손을 흔들어야 한다

움켜쥔 채 미처 펼치지 못한
서러운 옛이야기도
눈물로 써 내려 간 그동안의 일기장도

혼자만의 감동으로
아파하지 말아야 한다

꽃도 피고 지는 일을
해마다 반복하고 있지 않은가

설령
울음조차 드러내 놓을 수 없는 고통이 올지라도

꽃 지고 다시 피어난 자리에는
투박했던 멍울도 사라지지 않았나

다시 기운을 내야 한다
화창한 이 봄날에
붉은 꽃잎으로 손을 흔들어야 한다

하늘을 향해 네 푸른 혼을 내보여야 한다

겨울바람

너의 손끝이
그렇게 차갑게 변할 수밖에 없는
무슨 이유라도 있었던 것일까

나뭇가지 그 끝에
미처 저 머물 고향 찾아가지 못한
몇 개의 마른 잎들이
너의 시린 등에 업혀
허공을 맴돌고 있다

언젠가 푸른 숨소리
숨 막히게 하늘을 가득 메우던
그런 때가 있었다

밤이면 별들의 눈은
더욱 빛이 나서
너는 부드러운 몸짓으로
알 수도 없는 끝을 찾아가느라

부산스럽게 움직이기도 하고

이제 한 점 작은 미련이라도
털어 내려는 것인지
점점 싸늘해지는 너의 두 손은
노란빛으로 자꾸 오그라드는데

어쩌란 말인가
내 너의 손을 잡아 주기에는
너무 멀리 떠나 와 버린 것을

시간이 흐르고 나면
차게 얼어 버린 마음들일랑
다 떨쳐버리고
소리 없이 흐르는 미소라도 전하며
그렇게 살자
그렇게 살도록 하자

벚꽃 나무 아래서

이 좋은 봄날
눈송이처럼 피어났다
서둘러 떠나는 이유를
당신은 아시나요

하얗게 타오르는
향기로운 이야기를 전하지 못하고
가슴속에 묻어 두어야 하는 이유를
당신은 아시나요

이러는 내 모습이
야속하다고 미워하지는 마세요
엷은 미소 속에
몇 날을 잠 못 이루고
몇 날은 소리 없이 울어야 했고

하늘에서 내려다보고 있는
당신의 눈부신 화려함을

혼자서 바라볼 수 없음을 투정부렸다해서
욕심이었다고 단정하지는 마세요

며칠 동안의
짧은 생애를 바람에 흩날리며
고운 빛 꽃잎으로
하늘을 떠다니는 이유를
당신은 아시나요

억새 춤

나붓나붓 흔들리는
마른 몸짓으로

때로는 꺾어질 듯
휘청
제 한 몸 부스러지도록

바람에 흩날리고 있는
어느새 빛바랜 머리카락을 보았다

땅속 깊이
두 손으로 움켜쥔
잔뿌리조차도
나를 버티게 해 준
놓을 수 없는 삶의 동반자

두 어깨 짓누르던
가난했던 나의 긴 시간들

덜어내고 덜어내면
저토록 가벼이 흔들리는
몸짓을 닮아 갈 수 있을까

어설프기만 한 나의 흉내는
울컥 걸려드는 목 울음에
가슴이 아프다

소양강

붓을 들고
획을 그리다가
푸른 물 스며드는 것을 보네

동동거리던 배 한 척
다시 떠오를 것 같은

안개를 헤집고 나온 새벽이
눈을 시리게 하네

자라목에 더 이상
용납되지 말았어야 했다는 것을
침잠의 시간은 알고 있네

까치와 까마귀가 번갈아 다녀가는 길목에

한 획의 푸른 물줄기가
내 사랑의 비늘을
낱낱이 세우고 있네

봄날

솟구치는 힘이 낱낱이 보인다
한 줄기 바람 헛되지 아니하고
청명한 하늘이 예사롭지 않다

인내의 시간은 볕이 되어
대지 위로 내려앉고

여린 새싹 한 잎 밀어 올릴 때마다
한 움큼씩 몸 부서지는 소리를 듣는다

사라져야 보이는 것 있으니
아픔 없이는 아무것도 이루어지지 않는다고

이제 곧 꽃 축제가 열린다는 기별을 받았다

산

산은 바람이 불어도
흔들리지 못한다

의지하고 있는 모든 것들이
산이 흔들리면
산산이 부서져 내린다

산을 바라보면
나는 눈물이 난다

제 **2** 부
만약에

여행

채우려 하지 말고
비우려 하지 말고
억지로 잊으려 하지도 말고

성급한 약속 하지 말고
과분하게 나눠 갖지 말고
쉽게 눈물 흘리지 말고

익숙해 있던 사치를 털어내고
길 위에 섰다

오랫동안 잊고 있었던
나를 찾기 위해
발걸음을 옮기기로 했다

참, 다행이라는 생각을 하면서

시간 박물관

시계 박물관이 아닌
시간 박물관

그곳에 다양한 시간이
멈춰 있거나
가고 있거나

화려하고 정교한 시간이 모여서
나의 발걸음을 잡고 있네

누군가에게 꼭 필요했던

소중하게 쓰였을
손때 묻은 귀중함들

속절없이 나이만 먹고 있는
나 자신이

소박하게 걸려 있는 시간을
닮아 보고 싶다

산행 · 1

하늘은 푸르고
바람은 온종일 나뭇잎을 흔들고 있었지

서투른 산행의
오르막과 내리막

곧게 선 바위벽을
줄을 잡고 내려올 때

내 생애 이런 길은
처음이라 되뇌었지

일행은 저만치 앞서가고 있는데
한발 한발 긴장하는 발걸음은 땀으로 젖고

세상을 혼자 다 짊어지고 왔단 생각은
이제 그만 접어 두자

하산 길 얼떨결에 잡은 가시나무 한 그루

정신이 번쩍 났다

산행 · 2

초저녁별처럼

작은 꽃들이 무수히 피어 있어요

무슨 꽃인지 이름도 잘 모르겠어요

숙여야 보이는 작은 꽃들이

마치 스승님 한 분 서 계시는 듯했어요

의자가 되고 싶다

의자 하나 갖고 싶다
나무 냄새 가득 배어있는

해가 뜨고 다시 지는 동안
땀에 젖어 있던 하루를
편안히 쉬게 하고 싶다

어둠이 내려와
저녁별이 뜰 무렵

저녁연기 피어오르듯
고향 같은 의자가 되고 싶다

길목에서

한계에 부딪힌 점 하나가
멈췄다 사라진다

울컥울컥
지나가는 것과
다가오는 것
눈물 삼키는 소리가 들린다

살아가는 것이
아픈 것이어서

한 뼘씩 자라던 내 사랑도
성장을 멈추고

이 순간이 지나면
또 다음 순간이 오고

우리가 만들어 놓은 시간은

우리의 역사가 되어

길목 어디선가 서성이고 있겠지

만약에

만약에
'만약에' 라는 꽃이 있다면
그 꽃을 사랑하리

절반의 희망과
절반의 절망을
반씩 나눠 가진
그 꽃을 좋아하리

희망에 더 큰 비중을 두고
날마다 날마다
적당히 물을 주어
그윽한 향기가 피어오르면

혹시 내가 갈 수 없는 그곳까지
다가가게 하리

만약에

'만약에' 라는 꽃이 있다면

시들지 않도록
날마다 안아 주겠네

아바이 마을

파도에 밀려
바위에 부딪혀 떨어지는 바람 소리가
밤새도록 허공을 헤매고 있다

일정한 간격으로
한목소리를 내며

좁은 골목에서
순대를 팔던 아주머니
이 밤에 부는 바람을 닮았구나

어두워도 쉴 수 없었던 억척스러움

파도가 바람이 되고
바람이 다시 파도가 되어

한 생애 잘 버텨온
아바이 마을에

오손도손
꽃 같은 바람 소리가
파도를 타고 들려 온다

우울한 날

우울은 정적과도 같다
갑자기 멈춰 선
과열된 자동차의 네 바퀴처럼

앞으로 나아갈 수도
뒤로 물러설 수도 없는

깊은 생각의 도가니 속에
신뢰했던 모든 것들이
벽을 부딪치며
산산조각이 난다

이 우울함의 발원지를 찾아
며칠 밤을 뒤척여 보지만

내 순수의 세계는
길을 찾느라 어린 미아가 되어
방황한다

어렵다

어려워서 힘들다

힘들지 않고는 아무것도 할 수 없다는

말이 떠오른다

그래 우울도 가끔은 필요한가 보다

나는 다시 씁쓸한 생각을 가다듬어 본다

늑골에 금이 가다

복사꽃 피는 마을
이름이 예뻐서
꽃이 지고 열매 맺힌 자리에
다시 꽃이 핀 듯
길이 환하다

나이를 잊고
또 잊게 하는
길을 걷다
잠시 현기증이 일어
넘어지고 말았다

이렇게 아늑한 길에서도
때로는 넘어지기도 하는구나

복사꽃 꽃몽오리 통통하게 물오르듯
덕분에 내 늑골에도
복사꽃 꽃망울 하나 단단하게 맺어

가끔씩 만져보는 내 손끝에
복사꽃 한 송이가
들려 있곤 한다

어느 고택에서

마음 좋은 주인으로부터 초대받은 고택에서
흙냄새 가득한 숨소리가 들린다

석가래 틈 사이
마디마디 배어있을

그 옛날 어느 권력의 큰기침이
금방이라도 터져 나올 듯
낡은 위엄이 그립다

소통되지 않는 단단한 문명 앞에

무너질 듯
우뚝 서 있는 저 당당함이여

바람은 부드럽게 드나들고
마당가 해당화는 세월을 잊은 듯
붉게 피어나고

빈손으로 나가는 이 없게 했을
이 낡은 고택에

따사로운 햇살이 가득 쏟아져 내리고 있다

쓸쓸한 오후

이제야 알겠네

무리지어 피어날 수밖에 없었던
꽃잎 그 사연을

한줄기 바람에도
온몸을 떨 수 밖에 없는 몸짓을

지는 태양이 왜 잿빛으로 되는지

나 이제야 알겠네

어느 눈물

산을 내려오다가
몸이 뒤틀린 소나무를 보았습니다
일행 중 한 언니가
멋있다고 감탄을 했습니다

저 몸으로
누구도 근접하지 못할 청청한 잎줄기며
철갑을 두른 장군의 모습처럼

그러나 아무도 모르게 흐르는
소나무의 끈끈한 눈물을 나는 보았습니다
내 생을 위한 피눈물이었겠지요

멋있다니요

소나무 앞에 서서
하마터면 눈물이 날 뻔했습니다

중이염

달콤한 새의 노래도 조금만 들어 둘걸
부드러운 바람결도 조금만 잡아 둘걸

욕심만 가득 채운 터널이
물길 속으로 소리마저 가둬 놓았다

오랜 세월 생각나면 불쑥 찾아오는 귀앓이
이젠 그도 지쳤는지
양쪽 터널을 한꺼번에 파고들더니
아예 끝장을 낼 모양이다

날마다 부드러운 솜뭉치로 깊숙이 닦아준 죄
캄캄한 어둠 속이 안 되어 장식을 걸어 둔 죄
향수로 이성을 마비시킨 죄

언제나 죄와 벌은 함께 존재한다는

안쓰러운 두 귀를 따뜻한 손바닥으로 만져본다

나사 돌리기

나사를 돌리다가
간격을 잃고 말았다

다시 풀어 자리를 찾아본다

내려가도
올라가도 안 되는
적당해야 하는 선

잠시
내가 걸어온 길을 생각해 본다

헐겁거나 아니면 꽉 차서
마음대로 돌려볼 수도 없었던
작은 나사의 굴레도 벗어나지 못하는 날들

손안에 있던 나사못이
햇빛에 반짝 빛나고 있다

나를 짓다

육중한 골조 아래
질서 정연하게
개미들이 행진을 한다

넘어서는 안되는
정해진 무게 만큼의 약속

욕심 하나 잘려나갈 때마다
눈부시게 쏟아 내는 불꽃

부드러움마저 감춰야 하는
절뚝거리며 살아온 날이

낮게 엎드려 포복하듯
기어 온 날이

기둥을 만들어 내고
지붕을 만들어 낼 수도 있다면

한 마리의 개미가 되어도
나는 좋으리

노래를 부르다가

혼자 부르는 나의 노래는
늘 어설프다

음정 박자 가사
제대로 익혀 놓은 것 없으니
가끔은 말더듬이가 되기도 한다

그래도 한 번쯤은
고르게 흐르지 못하는
내 노래에 귀를 기울여 본다

잠시도 멈추지 못하는
말더듬이의
목 가다듬는 소리
때로는 울컥 눈물 삼키는 소리

평생을 불러도
또다시 말더듬이가 될 나의 노래

오늘도 난
끓어 오르는 목을 가다듬느라
잠을 못 이루고 있다

표류

무거운 머리가 흘러간다
팔이 흘러간다
다리가 흘러간다
내 몸이 흘러간다

출렁이는 세월을 따라
울먹이는 내 영혼이
함께 흘러간다

수상스키

달리는 시간의 끈에 매달려
물 위를 가르고 나면

회색빛 깊은 생각들은
산산이 부숴져 내리고

쓰러질 듯 흔들리다
다시 일어서는 나의 하루는

물결 되어 안겨 오는
또 하나의 푸른 소망

모순

어느 의사는 말합니다
찾아온 환자를 보고
자극성 있는 음식 피하고
적당히 운동도 하고
신경 많이 쓰지 말고
희망을 가져야 하고

하지만
환자를 치료해야 하는 의사는
날카로워진 신경을 잠재우느라
자극적인 음식을 먹게 되고
종일 의자에 앉아 있어야 하고
그리고
절망 끝에 희망을 추슬러야 하고

어쩌면 우리는
절망과 희망의 모순 속에서
표류하고 있는지도 모르겠습니다

제 **3** 부

예감

촛불

내가 흘리는 뜨거운 눈물은

영롱한 별 하나가 되어

너에게로 가고 싶어 하는 몸짓

예감

모두 건강하게 잘 있으렴
17. 6. 7.
정선 아빠가

남편은 알았을까
늦게 난 아들과
사랑스러운 딸들과
이별의 시간이 얼마 남지 않았다는 것을

몇 달 전 흔들린 글씨체로
미리 써 놓은 마지막 인사

남편은 많이 울었을 것이다

이승의 긴 동굴을 지나
낯선 저 세상 어디에서
서성거리고 있을까

가을하늘을 닮은 남편이 보고 싶다
보고 싶다

남이섬에서

밤새도록 생각했다

날이 밝아지는 대로
손편지가 아닌
스마트폰으로 간결하게

그동안 고마웠노라고

작아진 마음만큼
자음 모음 맞춰가며
수없이 되뇌었지

눈치도 없이 메타세쿼이아는
나의 발목을 잡고

보내야 하는데
보내야 하는데

알 길이 없는 푸른 바람은
모른 체 그냥 달아나고 있다

시에 대한 사색

무엇이든
중요하지 않은 일이 어디 있으랴

무심히 스쳐 가는 바람결에
문득 떠오르는 너는 누구인가

나의 생 한 부분
떨쳐버릴 수 없는

너는 날마다 내 주변을 서성이고
나는 너를 잡기 위해 안간힘을 다하고

그리하여 너를 만나는 날
세상을 얻은 듯 기뻐하리
너를 위해 노래하리

쉼표 하나의 소중함을 알게 해준 너를
잊을 수가 없다

독감

찬바람 스치고 지나간 자리
매섭고 아프다

며칠은 내내 몸살을 앓다가
또 며칠은 지독한 기침을 하다가

퍼렇게 멍든 자리
지워지질 않는다

기억 한 줄 지우기도
마음대로 안되는
이 지독한 증세

언제까지 너와 함께 해야 하는지
다시 열이 나기 시작한다

정선 연가

정선 아라리가
깊은 계곡 돌 틈 사이
물줄기를 타고 흘러내리면

지나간 그 시절이
전설처럼 떠오르네

수줍은 새댁들이
오손도손 모여 살던
앵두꽃이 곱게 피어나는 마을

산새들 노랫소리도
구슬프고 서러워서
어둠이 먼저 찾아들면

모락모락 피어오르는 연기 속에
가족들이 모여들고

하루의 힘든 노고가
아라리와 함께 흘러가네

그 노래

음정 박자 다 놓치고
노래 한 곡 외우지 못하는
나는 음치

어눌한 말솜씨가
매끄러운 달변가보다
진실해 보인다는
맞지도 않는 나의 주장

외롭다 쓸쓸하다
참지 못하고
내뱉는 나의 한계

뒤뚱거리며 걷는 나에게
어느 시인님의 말씀

모든 것은 마음에서 나오고
마음을 잘 다스려야 한다고

오늘따라 그 말씀이
명곡으로 들려 왔다

이유

아무런 이유 없이 잠이 안 오네
새벽인 줄 알았는데
아직도 밤 12시

조용한 음악을 틀어 놓고
스마트폰으로 이런저런 뉴스도 보고

문학카페에 들어가
글도 읽다가

어느 시인님의 관계란 글을 보았네

우리는 외롭고 서러워서
그립고 보고 싶어서

이유가 없는 것이 아니라
이유가 있는데도 선뜻 말을 못하는
그 이유 때문에

잠을 못 이루고 있네

환절기

한 계절이 지나는데
몇 년이 걸렸다

기억 속에서
너를 지우는 동안

내내
외롭고 슬펐다

이제 겨울이 지나고
얼음 속에 갇혀 콜록거리던
기침 소리도 잦아들고

가슴에 가득 차 있던
먹먹했던 바람들이 빠져나간다

독하게 아프기만 했던
떠나는 시간과 다가오는 시간

나는 심한 독감을 앓았다

옥탑방 연가

배고픈 저녁
작은 창문을 열어 놓고
별이 뜨기를 기다리고 있겠다

종일 산을 넘고 바다를 건너온
바람 한 줄기
이제 잠시 쉬어 가라고
창문 옆에서 기다리고 있겠다

하루가 잘 영글어지도록
가지런히 두 손 모으고
옥탑방 그 안에서 너를 기다리고 있겠다

길을 걸으며

오늘도 길을 나섭니다
한 송이 들꽃을 찾는 일과

가도가도 가까워지지 않는
별과의 간격을 찾아 나서는 일

어느 것도 내 자신이 되어 주지 않습니다

내가 별이 되는 길과
한 송이 들꽃이 되는 길과

그리고 너와 내가 함께 가는 길

그 고통이 죽을 만큼 힘들다 해도
한평생 가야 합니다

우리는 함께 해야 합니다

실망

남을 실망시킨다는 것은
내가 남으로부터 실망을 받는 것보다
마음이 더 괴롭다

입 밖으로 나온 말은
다시 거두어들일 수 없으니

말의 신중함을
다시 생각해 본다

반성

세상에는 세 가지 부류가 있다
사람을 모이게 하는 사람
사람 사이를 갈라놓는 사람
자기만 아는 사람

존경하는 어느 시인님의 말씀이 깊이 다가와
나는 어느 부류에 속할까 생각하다가
여태껏 나 자신만 알고 살았던

지난날의 욕심들이

새삼 부끄러워진다

침묵

어둠이 있어 별이 빛나 보인다고
말하지 않겠다

붉게 물든 해가 떠올라
세상을 밝혀 준다는 말도 하지 않겠다

아득한 그 옛날
우리가 이 땅에 태어났을 때
모든 것은 준비되어 있었고

날마다 겪으며 바라보며
가슴에 묻어 둔 많은 기억을
깃발처럼 흔들어 보이지도 않겠다

다만 우리가 가야 하는 길에
더이상 경계선을 만들지 말자

낮과 밤이 차례대로

빛을 전해 주듯이

닫혀 있던 마음들을 열어 놓아
그동안의 고여 있던 아픔들을
서로 다 잊도록 하자

소식이 없다고
우리들의 기억에서 사라진 것은 아니다
잠시 침묵 속에서 방황하고 있을 뿐이다

희망가

이른 새벽
부지런한 새들의 노랫소리가 들린다

하얀 속살은 둥지 안에 두고
검붉은 날개 위로
불어오는 바람이 신선하다

흙 묻은 발바닥
애써 털어 내지 않아도
어제의 안부를 물어보는 이 없어도

미소 한 번 띄워 주고
하루의 일을 약속하는

이제 그만 하산해도 되겠다는
정겨운 농담이

고고한 음악의 선율처럼
귓가를 맴돌고 있다

이사

결혼한 다섯째 딸이 오늘 이사를 갔다
춘천에서 부산으로
너무 먼 거리

늘 가까이 있을 줄 알았는데

첫째네는 판교로
셋째네는 인천으로

팔 남매 모두 소중한 내 자식들
떠날 때마다
울컥울컥 자꾸 눈물이 쏟아질 것 같아
좀 더 나은 길 찾아가는 자식들 앞에
담담한 모습 애써 보이며
잘 도착했다는 다섯째네 전화
문자와 사진

우리 팔 남매 모두 잘 되기를 기도하며
참았던 눈물이 났다

다산

길을 가다가
주렁주렁 열매를 가득 매달은
나무 한 그루를 보았다

어디가 팔이고
어디가 다리인지
구분할 수 없는 옹이진 관절에
셀 수도 없는 과욕을 달고

스치는 바람결에도
흔들릴 수 없다는
심오한 결의라도 하듯

황금빛 노을 속에
우뚝 서 있는 나무 한 그루가
눈이 부시도록 환하다

아버지

수십 년은 될 듯싶은 미루나무 한 그루
발자국에 짓밟힌 뿌리가
손등 혈관처럼 검붉게 솟아있다

무엇이 시작이고
어디가 끝인지도 모를 암담함을
남몰래 목 울음으로 견뎌냈을 긴 세월

서리꽃 하얗게 피고
찬바람 불어 코끝 시린 날
발등 위로 낙엽은 쌓이고

굽은 등 꿋꿋하게 서서
지켜내는 미루나무 한 그루

아버지
아버지
우리 아버지

제 **4** 부

그때가
참 좋았어요

단순하게

꽃은 꽃 그대로

바람은 바람 그대로

더 깊이 생각하지 말고

그대로 보아주기

아파하지 말고

슬퍼하지 말고

담담하게 마음 갖기

그대로 믿어 주기

불

나를 죽이기도 하다가

또 나를 살리기도 하다가

불에 갇혀
울다가
웃는다

그래서 사랑은 뜨겁고 아프다

사랑을 위한 노래

그대 물기 어린 눈동자
내 가슴을 아프게 하네

수많은 날
즐거울 수만은 없어

목숨 또한
누구나 조절 불가능한 일

힘내라는 말도
이젠 너무 미안하지

소처럼 따뜻한
그대를 생각하다

나도 눈물이 나네

깊은 슬픔

붉은 꽃잎이 푸른빛으로 변해 가는 것을
지켜볼 수밖에 없네

지축이 1도씩 기울어질 때마다
꽃잎은 숨죽인 채 떨고 있네

뼛속 깊은 곳에서
한 방울의 눈물이

별도 아닌 채 반짝이고 있네

오봉산 연가

새해 첫날
내 하나의 사랑이
붉게 떠 오른다

장승처럼 서 있던 바위
살아 움직인다
부러울 것이 없다

바위와 나는 지금
같은 곳을 바라보고 있다

내가 그대에게

내가 그대에게 무엇을 더 바라겠어요

노을이 불그스레
산등성 위에 머뭇거리고 있을 때
문득 보고싶다는 생각이 들어
편안하게 부를 수 있는
그대 이름 하나면 되는 것을요

바람이 내 어깨 위를 스치고 지나갈 때
눈물 먼저 맺혀지며 떠오르는 얼굴
그대에게 그리움의 편지 한 장
보낼 수 있으면 되는 것을요

어두운 밤 불빛 한 줄기 보이지 않아
우리가 길을 헤매는 일이 생길지라도

세차게 불어오는 비바람이
우리가 서 있는 이 자리를

참을 수 없을 만큼 흔들어 놓을지라도

서로 마음 하나 굳게 지켜 가면 그만인 것을요

우리, 좋은 노랫소리도
조금씩 아껴 가면서 듣도록 해요
아름답게 빛나는 저 노을 한 자락
가슴 속에 담아 두고
따뜻하게 살아가도록 해요

저는 그냥
그대 이름 하나 편히 부를 수 있으면
그러면 되는 것을요

들꽃

앉으세요
나지막이

내 키는 너무 작아서
그대의 눈빛을 맞추기가 힘이 듭니다

진작 알았더라면
준비할 걸 그랬어요

그대가 들려주는 세상 사는 이야기
성인들의 어려운 말씀

난 아직까지 바람 부는 소리와
산을 오르내리는 다람쥐 발소리만 듣고 살았네요

그래도 쉽게 휘청거리는 갈대는 되지 않겠어요
너무 많은 이야기는 혼란해져요

그냥 이대로
도란도란 숲속 이야기나 들려주며 살까 봐요

덩굴손

며칠 밤잠 못 이루며
담벼락 타고 오르는
내 손을 보았나요

뼈마디 삭아 내려
마음대로 펴 보일 수도 없는
오그라든 내 손을 보았나요

그대가 웃고 있는 동안
좀 더 가까이 다가가려는
나의 손짓을

그대는 처음과 같은 눈빛으로 보았나요

점점 깊어져 가는
긴 밤을 지새우며
담장을 오르려는 내 마음을

그대는 아시나요

동행

우리 길 위에 서서
가끔 하늘을 보자

빛나는 태양과
그다음에 오는 달과 별

약속 없이도
같은 길을 걷고 있는
무수한 발걸음들

머무르지 못하고 흐르는 강물처럼
함께 걷고 또 걸어야 하는 우리들의 삶

넘치면 넘치는 대로
부족하면 부족한 대로

그냥 그렇게
웃음 한 번 웃어 보며
우리들의 길을 함께 가자

확인서

마음은 주는 만큼 커지는 것
커진 만큼 아파해야 하는 것
가끔씩 잠 못 이루는 것

마음은 변하지 말아야 하는 것
삭히고 남은 앙금처럼 굳어져야 하는 것
때로는 소리 없이 눈물만 흘리는 것

환상

구름을 타고
하늘을 날아가듯

보석 같은 별들을
두 손에 가득 받아 들 듯

지쳐있던 긴 시간도
날개를 단 듯
너울너울 어디론가 사라지고

살아간다는 것이
이토록 아름다울 수가 있을까

우리가 호흡하는 순간마다
하얀 꽃잎들은
허공으로 가득 피어나고

지금의 이 순간보다

이상의 것을 바란다는 것은
욕심일 것 같은 이 행복

누군가 나를 흔들어 깨운다
햇살 따스한 창가에 기대앉아
잠이 든 나를 깨운다

꿈이었나 보다
꿈을 꾸었나 보다

내 앞엔
정리 하다만 옷가지들이
어지러이 흩어져 있다

흔들릴 수 있다는 것은

가지런히 피어 있는 꽃잎
바람에 흔들릴 수 있다는 것은
꽃가루 흩뿌려 낼
그런 용기가 남아 있어서일 거다

비 내리는 날 고개를 들어
하늘을 바라볼 수 있다는 것은
빗줄기 속에 흐르는 눈물을
씻어 내릴 수 있어서일 거다

흔들릴 수 있다는 것과
눈물이 흐른다는 것

아직은 아쉬워할 미련이 남아
잊지 못하고 있다는 것

무심히 부는 바람 속에
날려 보낸 씨앗 하나

어쩌면 제 꿈 보듬으며
그렇게 흔들리고 있는지도 모르겠다

달맞이꽃

어둠이 내린 밤
이슬은 풀잎을 적시며
소리 없이 다가오고

온종일 기다렸던
달빛 같은 환한 웃음

서로의 안부를 확인하고
다시 그리워하고

가까워지면 질수록
힘들어진다는 것을
모르는 것도 아닙니다

견뎌낼 만큼의
마음을 간직해야 한다는 것은
어쩌면 가혹하다는 생각이 들기도 합니다

밤하늘의 끝
서로를 닮아 가고 있는
노란 물 머금은 얼굴

수줍은 듯 피어 있는
달맞이꽃 한 송이 간직하려 합니다

입추

애써 감출 필요는 없습니다

이곳까지 다다르는 동안
후끈하게 달아오르던 시간이
영원하리라 생각하지는 않았지만

그런대로
엷어져 가는 푸르름 사이로
알알이 영글어 가는 결실들이
보이는 듯해
참 행복하기만 합니다

어쩌다
서늘해진 바람이 귀밑머리를
스치고 지나갈 때
불현듯 나타나는 낯선 모습이
익숙하지 않아서
혼자 흔들려 보기도 하고

손끝으로 전해 오는
둥글어져 가는 감각들을
추슬러 담아 놓기도 합니다

이제
점점 더 깊게 타들어 가고 있을
붉은 가슴앓이를
그렇게 애써 감출 필요는 없습니다

그때가 참 좋았어요

생각해 보면
그때가 참 좋았어요

물안개 가득 피어오르는 산골 마을은
꿈인 듯 생시인 듯
구름 속에 떠 있는 그림 같았어요

길가에 제비꽃은
보랏빛 꿈을 꾸며
지나가던 실바람에도
하늘하늘 흔들리고

하늘을 날아가는
산새들의 노랫소리는
흐르는 개울물에 내려앉아
은빛 물방울 되어 튀어 올랐어요

그때 나는 보았지요

소리 없이 미소 지으며
울창한 숲을 이루고 있는 푸른나무들을

보랏빛 꿈과 노랫소리는
언제나 그 숲속에서
쉼 없이 흘러나왔지요

지금 생각해 보면
그때가 참 좋았어요

정말 고마웠지요

기다림

금방이라도
문을 열고 들어올 것만 같은
그리움 하나가
아직 보이질 않는다

창밖에는
여름내 힘찬 박동으로
푸른 핏줄 솟아 올리던
잎새들은 온데간데없고

혈색 하나 없는 낙엽들만
허공 위로 가득하다

때로는 후회를 하면서도
지워지지 않는
경계선 하나 그어 놓고

혼자서 눈물 글썽이고 있는

허약해진 마음

가슴 속엔
가을바람 스쳐 가는 소리만 가득하다

축제

불꽃이 솟는다
밤하늘이 꽃밭이 되었다

가슴에 불꽃이 꽂혔다
먼 곳에서 달려온
화살 끝의 열병이다

밤하늘에 불꽃은 화려한데
가슴에 떨어진 불꽃은 까맣게 탄다

안개 속의 섬 하나

지척인 거리에
섬 하나 떠 있다

물은 흐르지 않는데
배를 타지 않아도 되는데

깃발처럼 흔들리는
섬 하나가 떠 있다

희뿌연 안개 속에
목은 점점 길어지고

차라리 노를 저어
건너갈 수만 있다면
저 섬에 닿을 수만 있다면

안개 너머로
섬 하나 전설처럼 서 있다

내면의 시간에 깃든
자기 긍정의 변주

박 해 림

(시인 · 문학박사)

내면의 시간에 깃든 자기 긍정의 변주

박 해 림
(시인 · 문학박사)

이미순 시인의 시집 『늑골에 금이 가다』는 등단 이후 두 번째로 펴내는 시집이다. 등단 연도에 비하면 매우 과작인 셈이다. 시인에게 주어진 현실의 삶을 충실히 살아내어야 한다는 책무는 곧 자신을 돌보지 못한 반성의 시간을 전제하는 것이어서 이번 시집에 대한 의의는 매우 크다고 해야 할 것이다.

본 시집의 전편을 관류하는 주된 특징은 시에 대한 시인의 간절함과 열망과 소망이다. 그리고 그간 시인이 간절히 추구해 온 올곧은 삶에의 겸손함이다. 그만큼 내면세계의 깊이가 현실의 삶에 진득하니 묻어 현현한다는 점을 특징으로 들 수 있을 것이다. 애틋하고 간절하다는 것은 결핍을 불러내는 것이 되며 반성의 시간을 정면으로 마주하고 있다는 것이기도 하다. 다시 말해 수위가 높은 하천의 징검돌을 밟듯 자신의 이상세계를 향해 조심조심 쉬지 않고 앞으로 나아갔다는 것을 의미하기 때문이다.

시인은 세상의 한 가운데 우뚝 서서 자신의 전부를 걸고 소진하며 살아왔다. 자신에게 주어진 길이 그 어떤 고난의 길일지라도 쉽게 절망하지 않는 철저성을 가졌다. 진퇴양난의 절박한 상황에 맞닥뜨릴 때마다 하나씩 헤쳐나가는 용기와 힘이 만들어진 것은 특히 자신에게 주어진 현실에 대한 인식이 또렷하기 때문이라고 여겨진다.

이것은 마땅히 시인의 큰 장점이지만 더러는 약점이 되기도 한다. 시인에게 주어진 어둠은 누구에게나 주어지는 어둠일 것이며, 그에게 빛이 비추어진다면 누구에게나 그 빛이 비추어질 것이라는 공유의식 또한 이 시집에서 드러나는데 그것은 성찰을 통한 소망이 그 뒷받침을 이루기에 가능하다. 언제든 어느 때든 시적 대상을 마주할 때마다 자신을 돌아보는 일을 마다하지 않는 시인의 겸손함은 추측하건대 자신이 처한 만만하지 않은 현실을 이겨내는 에너지가 아닐까 싶다.

1.

이 시집의 주된 흐름은 시적 자아를 중심으로 지극히 개인적인 감정이 표면적이든 내면적이든 어느 한쪽으로 치우쳤다가 다시 자신에게 집중되고 있음을 알 수 있다.

이미순 시인의 삶은 대체로 미래에 대한 간절한 소망과 현실에 대한 깊은 인식으로 점철되어 있다. 오랜 성찰은 물론 내면을 향한 질책과 다짐, 회한, 사랑, 주변적 대상을 끌어안는 따뜻한 사랑을 보여준다. 때론 격정적으로, 때론 소박하리만치 잔잔하게 받아들이며 자신을 견인한다. 일상에서 얻어지는 소소한 즐거움과 관조, 자연의 이치가 이루어내는 하모니조차 겸손한 자세로 수용하며 내면의 시간으로 치환한다. 시인만의 감성이 일구어낸 세계는 시인 스스로 희생과 헌신을 위한 삶을 살아왔다는 것을 알게 하는 것이다.

의자 하나 갖고 싶다
나무 냄새 가득 배어있는

해가 뜨고 다시 지는 동안

땀에 젖어 있던 하루를

편안히 쉬게 하고 싶다

어둠이 내려와
저녁별이 뜰 무렵

저녁연기 피어오르듯
고향 같은 의자가 되고 싶다

—「의자가 되고 싶다」 전문

내가 그대에게 무엇을 더 바라겠어요

노을이 불그스레
산등성 위에 머뭇거리고 있을 때
문득 보고 싶다는 생각이 들어
편안하게 부를 수 있는
그대 이름 하나면 되는 것을요

바람이 내 어깨 위를 스치고 지나갈 때
눈물 먼저 맺혀지며 떠오르는 얼굴
그대에게 그리움의 편지 한 장
보낼 수 있으면 되는 것을요

(중략)

저는 그냥
그대 이름 하나 편히 부를 수 있으면

— 「내가 그대에게」 전문

　시인은 「의자가 되고 싶다」에서 매우 중요한 전환의 의지를
보여준다. '의자'를 '갖고 싶은' 대상으로 접근했다가 '되고
싶은' 대상으로 바꾼다. 그것은 '의자 하나 갖고 싶다/ 나무 냄
새 가득 배어있는// 해가 뜨고 다시 지는 동안// 땀에 젖어 있
던 하루를/ 편안히 쉬게 하고 싶다'라는 간절한 소망이 이루
어지는 시간을 소망했기 때문이다. 시인 스스로가 발현하는 과
정을 통해야만 다음의 극적인 변모를 이룰 수 있기 때문이다.
'해'를 통해 하루가 열리고 닫히는 시간을 설정한 것은 매우
중요하다. 시인이 열고 싶어 하는 시간 그다음의 시간은 이쪽
에서 저쪽으로의 이행이며 그것은 나를 위한 시간인 것 같지만
사실은 타자, 즉 누구를 위한 시간이며 배후인 것이다. '땀에
젖어 있던 하루를/ 편안히 쉬게 하고 싶'은 그 소망은 즉 '어
둠이 내려와/ 저녁별이 뜰 무렵'이라는 전환을 위한 시간을 거
쳤을 때 '저녁연기 피어오르듯/ 고향 같은 의자가 되'어야 할
타당한 이유가 성립한다. 평생을 자신보다 타자를 위해 살아온

시인의 참된 면목을 새삼 확인하는 시편 중 하나이다.

「내가 그대에게」는 매우 따뜻한 시이다. 마음속에 깃든 욕망을 다 내려놓고 있다. 가진 것을 비워내고 내려놓을 때 우리는 편안해진다. 시인은 아마도 자신을 내려놓고 외부로부터의 고립과 연대를 다 내려놓을 때 얻어지는 평화를 갈구하고 있는지 모른다. '내가 그대에게 무엇을 더 바라겠어요'의 첫 문장에서부터 더는 받는 것에 연연하지 않겠다는 시적 자아의 강렬한 소망을 전제한다. 이제는 바라기보다 오히려 내 안의 세계로부터 내어놓을 것이 더 많을 것이라는 암시가 주어진다. 힘들 때나 기대고 싶을 때 '그대 이름 하나'면 된다. '그대에게 그리움의 편지 한 장/ 보낼 수 있으면 되는 것'이다. 소박한 이 작은 소망은 언뜻 매우 수동적인 모습을 보이지만 적극적인 행동의 발로가 뒷받침되고 있다는 것을 알 수 있다. 받기보다 주는 것을 전제로 한 내적 보살핌이 시인을 지키고 있기 때문이다.

「안개 속의 섬 하나」, 「달맞이꽃」, 「들꽃」의 시편도 시인의 잔잔한 소망이 뒷받침하고 있다. '지척인 거리에/ 섬 하나 떠 있다/ 물은 흐르지 않는데/ 배를 타지 않아도 되는데/ 깃발처럼 흔들리는/ 섬 하나가 떠 있다' (「안개 속의 섬 하나」 부분)라고 시인은 저 너머의 세계를 염원하며 내적 열망을 간절히 내비치고 있는 것을 알 수 있다. 그것은 다시 '어둠이 내린 밤/ 이

슬은 풀잎을 적시며/ 소리 없이 다가오고…서로의 안부를 확인하고/ 다시 그리워하고…견뎌낼 만큼의/ 마음을 간직해야 한다는 것은/ 어쩌면 가혹하다는 생각이 들기도 합니다…수줍은 듯 피어 있는/ 달맞이꽃 한 송이 간직하려 합니다'(「달맞이꽃」 부분)과 함께 이 모든 것을 껴안으며 내어줄 수 있는 것이 무엇인지 보여주고 있다. 소망하는 삶이 시적 자아의 탄식과 독백을 통해 충분히 드러나 있다.

2.

사람은 자신이 태어난 곳을 쉽게 떠나지 못하지만, 주변적 여건과 필요에 의해 자유로운 이동을 한다. 한곳에 계속 머물 수 있다면 참으로 좋겠지만 대개는 그렇지 못하다. 능동적 선택이건 수동적 선택이건 삶의 자리는 지금 내게 딱 필요한 만큼의 선택이 필요하기 때문이다.

이미순 시인의 시를 읽으면서 삶의 자리가 따로 있는 것이 아니라 지금 내 앞의 삶, 내가 존재하는 시간, 내 앞에 주어진 상황, 내가 마땅히 필요한 삶의 자리가 현실적 삶의 자리로 기능한다는 것을 알게 된다. 그것은 그가 즐겨 시적 대상으로 삼는 소재를 통해 파악된다.

이미순 시인의 현실 인식이 돋보이는 작품들을 통해 그 대상이 의도적이거나 특별하지 않은 것을 발견하게 되는데 아마도 평소 시인의 심성이나 성품, 생활반경을 통해 자연스럽게 비롯된 것은 아닐까 여겨진다. 그가 즐겨 찾거나 만나는 시적 대상은 대체로 자연대상물이거나 생활소품이거나 자신의 내면을 통해 투사하는 꽃이거나 동네 마을이다. 평소 시인이 마주하는 대상이 소박하고 작은 것, 삶의 주변에서 자주 맞닥뜨리는 자연이거나 자아를 돌아보는 시간이라는 것을 파악하게 한다. 시적 대상을 만나기 위해 시인은 일부러 먼 곳을 가거나 의도적인 돌출 행동을 통해 뜻밖의 사건과 대상에 공을 들이기도 하는데 시인은 거의 그러한 의도적 행위나 모습이나 발걸음을 느낄 수가 없다. 그 대상이 거기에 존재해 있으므로 해서 갑자기 내게 스며들거나 문득 내 앞에서 나를 기다린다거나 하는 편이 더 적절한 것 같다.

복사꽃 피는 마을
이름이 예뻐서
꽃이 지고 열매 맺힌 자리에
다시 꽃이 핀 듯
길이 환하다

나이를 잊고

또 잊게 하는

길을 걷다
잠시 현기증이 일어
넘어지고 말았다

이렇게 아늑한 길에서도
때로는 넘어지기도 하는구나

복사꽃 꽃몽오리 통통하게 물오르듯
덕분에 내 늑골에도
복사꽃 꽃망울 하나 단단하게 맺어

가끔씩 만져보는 내 손끝에
복사꽃 한 송이가
들려 있곤 한다

—「늑골에 금이 가다」 전문

산은 바람이 불어도
흔들리지 못한다

의지하고 있는 모든 것들이

산이 흔들리면
산산이 부서져 내린다

산을 바라보면
나는 눈물이 난다

—「산」전문

나사를 돌리다가
간격을 잃고 말았다

다시 풀어 자리를 찾아본다

내려가도
올라가도 안 되는
적당해야 하는 선

잠시 내가 걸어온 길을 생각해 본다

헐겁거나 아니면 꽉 차서
마음대로 돌려볼 수도 없었던
작은 나사의 굴레도 벗어나지 못하는 날들

손안에 있던 나사못이
햇빛에 반짝 빛나고 있다

—「나사 돌리기」 전문

시 「늑골에 금이 가다」는 이미순 시인이 추구하는 평소의 삶
의 색채와 대상에 대한 겸손한 성정, 현실에 대한 긍정적 자세
를 한 번에 느낄 수 있게 한다.

첫 행에서 '복사꽃 피는 마을/ 이름이 예뻐서/ 꽃이 지고 열
매 맺힌 자리에/ 다시 꽃이 핀 듯/ 길이 환하다'라고 순연한 자
연에 대한 감상을 확인할 수 있다. 하지만 두 번째 연에서 '나
이를 잊고/ 또 잊게 하는/ 길을 걷다/ 잠시 현기증이 일어/ 넘어
지고 말았다/ 이렇게 아늑한 길에서도/ 때로는 넘어지기도 하
는구나'라는 무연한 상태에 이르는 과정이 한순간 뼈아픈 성
찰로 이어지는 지름길의 역할을 한다는 것을 알게 된다.

시적 자아는 눈 앞에 펼쳐진 화려한 풍광에 압도되어 자신
도 모르게 앞으로 나아가는 발을 따라 지금 이 순간의 시간
과 현실에 온전히 자신을 내맡긴다. 그러나 한순간, 상황은 변
한 것이다. '나이'라는 현실이 앞을 가로막는다는 사실을. 여
기서 중요한 부분은 그간 열심히 살아온 덕에 나이를 의식하거
나 생각할 겨를이 없었다는 것인데 한순간의 방심으로 넘어지

게 되고 그 결과는 '늑골에 금이 가는' 상황을 만들어냈다는 데 있다.

하지만 그 자책은 매우 긍정적으로 환치된다. '가끔씩 만져 보는 내 손끝에/ 복사꽃 한 송이가/ 들려 있곤 한다' 라는 넘어지고 깨져도 삶은 결코 상처로 끝나지 않는다는 것, 오히려 향기롭고 소박한, 그러나 화려한 '복사꽃' 으로 보상받는다는 것을 알고 있다.

시 「산」과 「나사 돌리기」 역시 현실에 대한 뼈아픈 회한을 상기한다. '산은 바람이 불어도/ 흔들리지 못한다' 라고 서두를 떼지만 과연 그 산은 끝까지 어떤 일이 있어도 흔들리지 않는 걸까. 그 어떤 바람에도 흔들리지 않을 산, 사실 지진이나 천재지변이 없는 한 산은 흔들릴 수 없다. 그러나 정말 그 산도 흔들릴 때가 있다. 그것은 산을 바라보는 나의 현실이, 산으로 지칭되고 배경이 되는 대상의 부재를 확인하면서부터다. 살면서 산에 기대는 일이 어디 한둘인가 산으로 지칭되는 그 모든 든든한 배경이 흔들릴 수 있는 일이 어디 한 둘인가 말이다. 시인은 알고 있다. 살면서 '의지하고 있는 모든 것들' 은 온전히 그 산에 내맡겼다는 것을. 아니, 처음부터 전적으로 의지한 것을. 그러므로 '산을 바라보면/ 나는 눈물이 난다' 는 시적 자아의 고백은 산을 흔들 만큼 또 다른 큰 공허로 남는다.

「나사 돌리기」를 읽으면서는 시인의 현실 인식에 대한 성찰을 엿보게 되는데 생활 깊숙이 자리를 차고앉은 부품 중 나사가 있다. 이 나사는 사실 생활 전반에서 차지하는 비중이 그리 크지 않을 수 있는데 손톱 밑의 가시처럼 어느 날 매우 크게 다가올 때도 있다. 작은 것의 큰 힘은 사실 이렇게 사소한 물건에서 오는 것이 태반이다.

시인은 그것을 잘 집어내었다. 꼭 필요한 곳에 있어야만 불편함을 덜고 훨씬 편리해질 수 있는 것이다. 시인은 작고도 소중한 존재에 대한 성찰의 시간을 갖는다. '나사를 돌리다가/ 간격을 잃고 말았다'를 뼈아프게 인식한다. '내려가도/ 올라가도 안 되는/ 적당해야 하는 선'과 맞닥뜨린 것이다. 작고 단순하며 그 존재가 가진 중요성과 역할까지 의심받는 작은 부품에 의해 '잠시 내가 걸어온 길을 생각' 하게 된 것이다. '헐겁거나 아니면 꽉 차서/ 마음대로 돌려볼 수도 없었던/ 작은 나사의 굴레도 벗어나지 못하는 날들'을 만나면서 자신이 처한 현실에 대한 깊은 인식과 성찰을 껴안는다는 것을 확인한다.

3

이미순 시인의 현실 인식과 내적 성찰은 시 전편에 걸쳐 펼쳐지는데 때론 힘없는 작은 새의 모습을 하거나, 바위처럼 크고 단단한 외적인 모습, 지향하는 세상에 대한 옹골찬 열망으로 발현된다. 더 많이 가지기를 애쓰기보다 하나라도 더 내어주기 위해 꼼꼼하게 주변을 살핀다. 자신의 모든 것을 탈탈 털어서라도 정갈하게 비워내는 모습으로 발현된다. 이것은 수시로 자신을 들여다보고 살피며 넘치거나 모자라거나 위축된 것은 없는지 다져 보는 삶의 습관 즉 방식과도 관련이 깊을 듯하다. 더 나아가서는 자신에게 무언가가 채워져서 안주하거나 나약해지거나 무심해질 것을 두려워하는 경계심마저 느끼게 한다.

금방이라도
문을 열고 들어올 것만 같은
그리움 하나가
아직 보이질 않는다

창밖에는
여름내 힘찬 박동으로
푸른 핏줄 솟아 올리던
잎새들은 온데간데없고

혈색 하나 없는 낙엽들만
허공 위로 가득하다
(……)

단단한 가슴
한이 많아 응어리졌다는 말은
하지 않겠습니다

뜨거운 피 솟구쳐 올라
허리 한번 꼿꼿하게 펴고 싶은 마음
왜 없었겠습니까
(……)

버텨내야 한다는 것이
일어서야 한다는 것이

흔들리지 못한 채
비바람을 맞았습니다

—「바위」 부분

시인은 눈앞을 주시하고 있다 '금방이라도/ 문을 열고 들어
올 것만 같은/ 그리움 하나가/ 아직 보이질 않' (「기다림」 부분)

기 때문이다. '아직'이라는 부사어를 쓴 이면은 꼭 보여야 할 대상이라는 전제를 갖는다. 기다리면 머지않아 만날 수 있다는 희망이 있다. 시적 자아는 기다리고 또 기다리는 일에 익숙하다. '창밖에는/ 여름내 힘찬 박동으로/ 푸른 핏줄 솟아 올리던/ 잎새들은 온데 간데 없'(「기다림」 부분)지만 그래도 기다리고 또 기다릴 것이다. 기다린다는 것은 힘든 일만은 아니다. 희망이 있다. 희망을 잃지 않고 강하게 자신을 다독이며 지치지 않아야 한다는 각오로 자신을 지킬 수 있다. 연민과 공감이 함께 느껴지는 부분이면서 한발 한발 앞으로 나아갈 수 있다.

시인의 내면세계의 확장은 다음의 시에서도 확인할 수 있다. '단단한 가슴/ 한이 많아 응어리졌다는 말은/ 하지 않겠습니다// 뜨거운 피 솟구쳐 올라/ 허리 한번 꼿꼿하게 펴고 싶은 마음/ 왜 없었겠습니까…'(「바위」 부분)에서도 이와 비슷한 양상을 보이는데 현실은 시인에게 묵묵히 보이는 그 자체로 존재한다. '버텨내야 한다는 것이/ 일어서야 한다는 것이//흔들리지 못한 채/ 비바람을 맞았습니다'(「바위」 부분)가 보여주고자 하는 강인함은 이미순 시인의 의지이자, 지향이기도 하다.

달콤한 새의 노래도 조금만 들어 둘걸
부드러운 바람결도 조금만 잡아 둘걸

욕심만 가득 채운 터널이
물길 속으로 소리마저 가둬 놓았다

욕심만 가득 채운 터널이
물길 속으로 소리마저 가둬 놓았다

오랜 세월 생각나면 불쑥 찾아오는 귀앓이
이젠 그도 지쳤는지
양쪽 터널을 한꺼번에 파고들더니
아예 끝장을 낼 모양이다

날마다 부드러운 솜뭉치로 깊숙이 닦아준 죄
캄캄한 어둠 속이 안 되어 장식을 걸어둔 죄

언제나 죄와 벌은 함께 존재한다는

안쓰러운 두 귀를 따뜻한 손바닥으로 만져본다

— 「중이염」 전문

채우려 하지 말고
비우려 하지 말고
억지로 잊으려 하지도 말고

성급한 약속 하지 말고
과분하게 나눠 갖지 말고
쉽게 눈물 흘리지 말고

익숙해 있던 사치를 털어내고
길 위에 섰다

오랫동안 잊고 있었던
나를 찾기 위해
발걸음을 옮기기로 했다

참, 다행이라는 생각을 하면서

—「여행」 전문

'달콤한 새의 노래도 조금만 들어 둘 걸/ 부드러운 바람결도 조금만 잡아 둘 걸// 욕심만 가득 채운 터널이/물길 속으로 소리마저 가둬 놓았다'(「중이염」 부분)에서 귓병을 소재로 한 반성과 현실에 대한 깊은 통찰은 차라리 아름답다. '달콤한 새의 노래'를 좀 더 많이 들어 두지 못한 것을 못내 아쉬워하는 시적 자아의 아쉬운 모습이 연상된다. 그뿐 아니다. '부드러운 바람결도 조금만 잡아 둘걸' 연이은 아쉬움도 귀라는 예민한

청각기관을 통해 몸으로 전달된다. 소리를 통해 존재를 확인하는, 둘 다 모양이나 색으로 그 존재를 확인할 수 없다는 데서 시인은 성찰의 강도를 높인다. 어느 날, 귀가 고장 난 후에야 비로소 귀의 존재가 얼마나 소중한가를 깨닫는 시인은 그것을 단순한 일시적 감각기관의 병증으로 볼 수 있음에도 스스로를 '욕심쟁이'로 몰아세운다. 하지만 이전의, 좀 더 철저할 수 있었던 나를 다시 되살려 내고 싶은 시인의 소망을 '소리'와 '결'이라는 시어를 통해 전달하여 스스로 위로하고 싶기도 하다.

이제 시인은 길을 나선다. '채우려 하지 말고/ 비우려 하지 말고/ 억지로 잊으려 하지도 말고// 성급한 약속 하지 말고/ 과분하게 나눠 갖지 말고/ 쉽게 눈물 흘리지 말고'라는 스스로에게 명령하고 있다. 좀 더 깊게 들여다보면 손잡고 다짐받는 모양새다. 채우지도 비우지도 말아야 한다는 것은 언뜻 중용(中庸)의 지나치거나 모자라지 아니하고 한쪽으로 치우치지도 아니한, 떳떳하며 변함이 없는 상태나 정도를 지향하는 것이다. 이미순 시인이 지향하는 바가 이러하며 '오랫동안 잊고 있었던/ 나를 찾기 위해/ 발걸음을 옮'긴다. 자꾸 파고드는 욕심을 뿌리치고 자꾸 스멀거리며 유혹하는 부정의, 억지의 애씀도 현실에서 효용 가치를 갖지 못한다는 다짐을 반복하는 것이다. 마음속으로 머릿속으로 아무리 다짐한들 비에 옷이 젖듯 '성급함'과 '과분함'에 내몰리게 되는 것을 스스로 사전 통제하는 것이다. 그러기 위해서는 여행이 참 요긴하다. 익숙한 곳을 떠나 낯선 곳으로의 여행이야말로 자기반성과 미래에 대한 계획과 쉽게 허물어지지 않는 다짐을 하기에 딱 알맞은 것이다.

이미순 시인의 삶에서 떼어놓지 못할 상처이면서 삶의 근간을 이루는 것으로 남편의 사별과 성장한 자식들과의 애틋함, 아버지에 대한 꿋꿋한 사랑을 들 수 있다. 세상에서 자식을 둔 부모의 대부분이 그렇듯 자식은 부모와 떨어져서 어디서 살건 어떠한 경우를 갖든 늘 무탈하기를, 늘 행복하기만 바란다. 그 자녀가 많은 경우에는 이런저런 마음이 더욱 쓰일 것이다. 남편의 사별은 삶의 형태와 내용과 향방에 있어 많은 변화가 있었을 것이라는 짐작도 해본다.

특히 아버지에 대한 회한은 많은 세월을 겪으며 시인의 삶에 큰 영향을 미쳤으리라는 짐작을 가능하게 한다. 힘들고 고단할 때마다 좀 더 뒷심이 요구될 때 마음의 안정이 필요할 때나 무엇보다 결코 무너져서는 안 될 때 큰 힘과 뒷받침이 되어주었을 것이다. '수십 년은 될 듯싶은 미루나무 한 그루/ 발자국에 짓밟힌 뿌리가/ 손등 혈관처럼 검붉게 솟아 있다'를 읽으면서 긴 세월 묵묵히 자식을 위해서 헌신하며 너덜길을 마다하지 않고 살아온 부모를 떠올리는 시인의 애틋한 뒷모습을 본다. 세상의 부모가 그러하듯 시인 역시 자식들을 위해 그러한 삶의 길을 따라 걷고 있다. 그 부모가 걸었던 그 길을 오늘도 묵묵히 걸어가고 있는 시인은 미루나무가 그렇듯 '손등의 혈관' 처럼 검붉은 뿌리가 되어가는 중이다. 하지만 시인에게 주어진 현실, 기꺼이 흔쾌히 그 길을 선택한 것이 하나도 후회되지 않는 자식에의 사랑은 많은 말이 필요 없을 듯하다.

　이미순 시인의 시집 『늑골에 금이 가다』는 시인의 현재적 삶을 한 단계 끌어올리는 상승의 에너지가 시편 전체에 골고루 편재되어 있음을 확인하였다. 크고 작은 굴곡들을 거치며 반성과 성찰의 점철된 시간 안에서 끊임없이 자신을 돌아보는 겸손과 겸양의 삶을 지향한다는 것도 확인할 수 있었다. 내면 깊숙이 스며든 긍정의 미덕과 함께 무엇보다 시인이 못다 걸은 걸음은 다지고 또 다지며 내딛는 그 힘으로 세계를 활짝 열어 보일 것이라는 희망을 갖게 한다.

시와소금 시인선 117

늑골에 금이 가다

ⓒ이미순, 2020, printed in Seoul, Korea

초판 1쇄 인쇄 2020년 06월 25일
초판 1쇄 발행 2020년 06월 30일
지은이 이미순
펴낸이 임세한
펴낸곳 시와소금
디자인 유재미 정지은

출판등록 2014년 1월 28일 제424호
발행처 강원 춘천시 충혼길20번길 4, 1층 (우24436)
편집실 서울시 중구 퇴계로50길 43-7 (우04618)
전화 (033)251-1195(팩스겸용), 휴대폰 010-5211-1195
전자주소 sisogum@hanmail.net
ISBN 979-11-6325-016-6 03810

값 10,000원

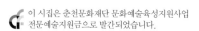 이 시집은 춘천문화재단 문화예술육성지원사업
전문예술지원금으로 발간되었습니다.